Wolfgang Krämer

LUKASBURGER STILBLÜTEN

Band 5

Lukasburger Stilblüten

Aus den Aufsätzen der Kleinen
für den Stammtisch der Großen

HEITERES AUS DER PRAXIS
von
WOLFGANG KRÄMER

Band 5

Verlag Franz Scharl 8025 Unterhaching

ISBN 3-7943-0009-2

1965—1976 1.—12. Auflage (1.—49. Tausend)
1978 13. Auflage (50.—55. Tausend)

Zu beziehen durch den Buchhandel

Umschlaggestaltung Elisabeth Thomae
Druck J. Gässler, 8000 München 5
Buchbinderische Verarbeitung M. Hörmann, 8200 Rosenheim

Vorwort zur ersten Auflage

Hiermit erscheint das 5. Heft der Sammlung »Lukasburger Stilblüten« in gleichem Umfang wie die vorhergegangenen. Die Texte sind längst nicht mehr auf das alte »Stammhaus« der Münchner Lukasburg beschränkt, sondern haben ihre Quelle in allen deutschen Landschaften, von wo sie dem Herausgeber und Verlag zugingen mit dem Wunsche um Aufnahme in die inzwischen so berühmte Serie.

Die Abbildungen in diesem Heft stammen von Erwin Espermüller, München.

Denn die »Lukasburger Stilblüten« sind die umfangreichste und verbreitetste Aufsatzblütensammlung im ganzen deutschen Sprachgebiet und umfassen nun insgesamt nicht weniger als 1700 Einzeltexte, 50 Seiten Schriftproben und 70 Abbildungen, die seit mehr als einem Dutzend Jahre unendlich viel vergnügliche Stunden bereitet haben, wie sich aus vielen hundert begeisterten Zuschriften seit Jahr und Tag ergibt. Herausgeber und Verlag bitten auch weiterhin um frdl. Beiträge, wobei nur beachtet werden möge, daß zur Aufnahme lediglich schriftliche Stilbemühungen infragekommen, nicht mündliche Aussagen oder Schriftsätze der Eltern an die Schule und ähnliches.

Der Herausgeber

INHALTSVERZEICHNIS

1.	Erlebnisaufsätze	7
2.	Nacherzählungen	17
3.	Deutsche Sage und Geschichte	27
4.	Antikes und Biblisches	33
4a.	Aus Literatur- und Kunstgeschichte	37
5.	Geographie und Naturkunde	43
6.	Aus allerlei Aufsätzen	55
7.	Sprachlehre und Diktataufnahme	63
8.	Aus Aufsätzen von Berufsschülern	69
9.	Allgemeines	73

1. Erlebnisaufsätze

Die erste Schulklasse unternahm einen Ausflug in den Tierpark. Einige Schüler hatten sich vor einem Käfig versammelt, an dem auf einem Schild »Vorsicht bissig!« stand. Mit Mühe buchstabierten mehrere »Vorsicht«, weiter kamen sie nicht, dann riefen sie plötzlich:Vorsicht, komm raus! Vorsicht komm raus!« Mit diesem Ruf wollten sie den mit »Vorsicht« titulierten Wolf aus seiner Hütte locken.

Beim Mittagessen

»Als ich meinen Teller vollgemacht hatte, mochte ich die Suppe nicht.«

Aus einem Aufsatz: Der Beruf meines Vaters:

Als mein Vater aus russischer Gefangenschaft kam, konnte er zunächst nicht in seinem Beruf arbeiten. Daher reiste er einige Zeit in Damenwäsche und Filzpantoffeln.

Wie ich meiner Mutter helfe:

Den größten Spaß macht es mir immer, Zitronen zu erpressen.

Mein Bruder ist noch viel jünger als ich, und wenn er durchs Wohnzimmer geht, kann man feststellen, daß ihm der Stuhl bis zum Halse reicht.

Als ich mit meinen Eltern aus der Sommerfrische zurückkam, mußten wir feststellen, daß ein Dieb sämtliche Schubläden ausgebrochen hatte.

Mein Freund fiel im Ferienheim häufig unangenehm auf, denn er sprach beim Essen immer mit offenem Mund.

Meine Mutti vermietet immer im Sommer. Es ist ein schönes Wohnzimmer mit anstößigem Schlafzimmer.

Beim Nußpflücken

Jeder von uns hatte einen kleinen Sack mit. So kletterten wir in den Baum. Plötzlich blieb Hans mit seinem Sack an einem Ast hängen.

Auf der Lok

Mit breiten Beinen geht der Heizer vor der Abfahrt in den glühenden Ofen.

Auch in den Krankenhäusern kommt der Osterhase zu den Kindern. Sie freuen sich riesig auf das süße Geheimnis, das die Schwester Oberin unter ihrer Schürze trägt.

Heute war die Kellnerin Nanni ganz in Schwarz gekleidet; denn ein Vater von ihr ist gestorben.

Gestern konnte ich die Schule nicht besuchen, weil wir eine befreundete Leiche hatten, die sich etwas in die Länge zog.

Wie erhalte ich mich frisch und gesund

Wegen der vielen Schularbeiten bleibt mir nicht viel Zeit für die Toilette

Am Sonntag haben wir uns eine Gans geopfert.

Dann habe ich meine Strümpfe im Bach gewaschen. Dabei ist mir einer ausgekommen.

Als ich einmal erschrak

Ich hörte ein Geräusch. Bangen Herzens machte ich das Licht an. Zu meinem größten Entsetzen war niemand da.

Ich ging mit dem Herzen im Halse die Kellertreppe hinunter.

Da war meine Angst zufrieden.

Die Nützlichkeit des Wassers

Schon die alten Ägypter bauten ihre Kultur auf dem Wasser auf, und auch wir kochen unsere Kartoffeln damit

Von der menschlichen Gesundheit

Die Appetit- und Schlaflosigkeit, welche früher fehlten, haben sich seit dem Gebrauch der Pillen wieder eingestellt.

Die Bademeister müssen mindestens mit einer weißen Mütze bekleidet sein.

Lebenslauf

Meine frühverstorbene Mutter hat mich als einziges Vermächtnis hinterlassen.

Meinem Vater gehörte der kleine Laden an der Ecke, und meine Mutter ist die Witwe von einem Kleiderbügelgeschäft.

Leben des Försters

Schon am frühen Morgen geht der Förster in den Wald auf die Jagd. Dort angekommen, legt er sich auf den Bauch und läßt es krachen und das nennt man in der Jägersprache Anstand.

Bei einer Schlange weiß man nie,
wo sie mit dem Schwanz zu
wackeln anfängt.

(Aus einem Naturkundeaufsatz)

Über das Reisen

Es ist heute nicht mehr wie früher nötig, daß man sein ganzes Leben an einem gewissen Ort verbringt.

Mein Aufenthalt auf dem Lande

Aus dem Hause dringt ein Laut, alles liegt düster und trostlos da; nur die Stallgeräusche beleben das traurige Bild.

Unser Hund

Da unser Hund erst kürzlich überfahren wurde, sind wir jetzt vorsichtig und lassen ihn nur noch mit uns an der Leine raus.

Stadt und Land

Durch den Fortschritt, der sich unter anderem in Autos äußert, wird die Luft verschlechtert.

Thema: Eine Panik bricht aus

In dem Lärmen und Toben der Menschen geht jeder Befehl unter, das Schiff bietet ein Bild vergleichbar dem Chaos, das vor der Erschaffung der Welt herrschte.

Besuch bei Verwandten

Es war der Sohn eines Beamten, der schon bald nach seiner Geburt gestorben war.

Ein Pfarrhaus im Winter

Durch die Fürsorge der Haushälterin ziehen Rauch und Ruß aus dem Ofen in den Rauchfang und überziehen die knusprigen Würste und Hochwürdens delikaten Schinken.

Mein schönstes Ferienerlebnis

Es waren noch viele Kurgäste hier, die auf die Weide gingen.

Im Kino

Hinter mir hörte ich es tuscheln, darum sah ich nicht hin, und vor mir war der Platz noch frei. Links von mir leuchtete über einer Tür das Wort: Ausgang.

Von der Hausarbeit der Mutter

Wenn sie den Salat anmacht, muß man aufpassen, daß keine Raupe darin ist; denn diese gehören zu den häufigsten Raubtieren.

Der alte, gebeugte Herr trug Hosenträger, damit ihm der Körper nicht aus der Hose rutschen konnte.

Beschreibung des Osterbildes
»Auferstehung Christi« von Math. Grünewald

Ein Wächter hebt einen Arm; denn er wird durch den grellen Lichtschein geblendet; Jetzt hat Jesus die Gelegenheit, ungesehen von den Toten aufzuerstehen.

Wenn plötzlich Besuch kommt, wirft die Mutter die ganze Unordnung unter den Diwan. Mein Vater ist manchmal auch dabei.

Der Bursche zerschlug einen Krug auf dem Kopf des Polizeibeamten, der voll Bier war.

Mein Lebenslauf

Am 13. 7. 36 wurde ich in Bremen geboren. Mein Vater war auf Neuwerk (Insel vor Cuxhafen). Als er für mich und meine Mutter eine Wohnung besorgt hatte, zogen wir nach Cuxhafen.

Auf meinem Schulweg wurde gestern ein Fußgänger angefahren und verletzt und zwar von einem PKW; derselbe mußte in das Krankenhaus eingeliefert werden, wo ihm eine Blutprobe entnommen wurde.

Vom Richtfest unserer Schule

Der Bürgermeister mußte den versteckten Balken suchen. Als er ihn gefunden hatte, wurde er draufgesetzt und zum Rohbau getragen. Dann wurde er aufs Dach genagelt.

Unsere Familie

Mein Vater kennt unseren Bäckermeister schon seit vielen Jahren. Als Schulkameraden waren sie sogar gleichaltrig.

Tier und Technik

»Viele Haustiere werden von der Technik verdrängt. Das sieht man daran, daß es viel mehr Trockenmilch gibt als Frischmilch«.

Unfall auf der Straße

Plötzlich fiel der Arbeiter in den Straßengraben und verbog sich seine Lenkstange.

Die Polizei muß sich nicht nur mit Unfällen und Mordtaten befassen, sondern hat auch die natürlichen Abgänge der Bevölkerung zu untersuchen.

2. Nacherzählungen

Ein Germane zu Gast bei einem römischen Kaufmann

»Im Hause Antonius angelangt, sprach er: »Helge, ihr seid mein Gast! Steigt in die Wanne!« Helge dankte. Nachdem aßen sie. Sklaven schlichen auf Zehenspitzen mit der Tafel herbei.«

Hochwasserkatastrophe

»Es brach eine Seuche aus. Die meisten bekamen dabei einen tieffuß (Typhus).

Bergwerksunglück in Lengede 1963

»Die elf Männer hockten auf einem 2,50 m langen und 4,00 m breiten Grundstück. Sie saßen auf einer Luftblase.«

Ferienfahrt

In der Nacht sank das Quecksilber im Thermometer so stark, daß es auf freiem Felde zu einem leichten Frost kam.

Nach Entleerung der Passagiere setzte unser Zug seine Fahrt fort.

Ein Volksfest

Außer einer Musikkapelle, welche während des Festes spielte,wurde ein Feuerwerk abgebrannt.

Auf den Bäumen hingen viele rotgebackene Äpfel.

Auf dem Wochenmarkt

Plötzlich rief ein Mann: »Nun haben Sie mir ein Ei zerquetscht!«

Die Nacht hatte schon zwei Drittel ihrer Bahn zurückgelegt.

Unser Dienstmädchen hat während der Ferien mit meiner Schwester zusammen ein Kind bekommen.

Der arme kleine Bub war inzwischen gestorben und hat sich zu seinen Vätern versammelt.

Die freundliche Verkäuferin zeigte den Kunden alles, was sie sehen wollten.

Am Strand saß ein glutäugiger Südländer, nur mit einer Gitarre bekleidet.

Im naturhistorischen Museum sahen wir auch die Gräten eines Mammuts.

Der Bauer suchte eine Gefährtin aufs Land, um Viehzucht zu treiben.

Die Nachtigallen sangen, die Spechte hämmerten, die Amsel schlug, die Baumwipfel rauschten, kurz: Stille, Stille rings umher!

Auf dem Oktoberfest werden dem Ministerpräsidenten und dem Oberbürgermeister die größten Ochsen vorgestellt.

Ein Besuch beim Zahnarzt

Am anderen Tag ging ich nach Amtsell zu einem anderen Zahnarzt. Der hat mich dann mit List bekommen. Vorne am Kopf hatte er eine Glatze.

Wir hatten unsere Sommerfrische hoch oben in einem Abbruzzendörfchen. Der Weg war steil und nur für Esel passierbar. Darum fühlten wir uns dort in der Einsamkeit so wohl.

Nacherzählung

»Ihm folgte der Kommissar mit dem Schnurrbart, der seinen Untergebenen zunickte und den Minister beiseite nahm«.

Nacherzählung

Im vierten Schuljahr wiederholt der Schüler die Geschichte von dem Bauern, der das Wetter selbst machen wollte. »Dieser Bauersmann hat die Sonne scheinen lassen, er hat regnen lassen, aber er hat keinen Wind gelassen.«

Bildbeschreibung: Knabe und sein Hund

Der Knabe fügte seine ganze Pflege dem Hund zu.

Da zeigte mir Tante Emma, wo sie am Blinddarm operiert worden ist: es war ein schönes Krankenhaus.

Bau eines Schneemanns

Bernd brachte mir 6 Kohlen, und ich steckte sie ihm (dem Schneemann) an den Bauch.

Dann wurde etwas zum Essen gekauft und auf den Weg gemacht.

Ein Aufenthalt auf dem Lande

Als ich in das Zimmer meines Onkels trat, stand dieser gerade am Fenster, kreideweiß im Gesicht, mit Schaum um den Mund und einem Messer in der Hand. Er rasierte sich nämlich gerade

In diesen schweren Zeiten müssen sich viele um einen Nebenverdienst umschauen. Darum hat meine Tante jetzt in ihrem Untergeschoß eine Vergnügungs=stätte eingerichtet.

(Erlebnisaufsatz)

Der Junge war ganz einfach schlicht angezogen.

Abenteuer im Wald

Wir machten auf Sohlen ins Dickicht.

Weihnachten

In der Mitte der Stube stand ein großes Weihnachtsbäumchen.

Eine Traumreise

Ich startete mit meinem Jeep von Köln zur Reise um die Welt. In München wurde ich aufgehalten. Ich hatte falsch gepaart und mußte leider 5 DM bezahlen.

Der Kutscher sprach: »Ich lache, weil eine Kuh in ihrem Schwanz mehr Verstand hat als ein Gelehrter.«

Als wir beim Bauern Kartoffeln lasen, brach plötzlich ein Unwetter los. Die Mädchen ließen ihre Jacken, Röcke und Hosen liegen und rannten los. Es war ein Unwetter, das der Arche Noah fast glich.

Als ich aus dem Keller kam, sah ich das Wasser unter der Tür hereinströmen. Ich nahm die Matte vom Abfluß. Jetzt konnte das Unwetter abfließen.

Wir besuchten den Film: Der Leidensweg einer Mutter der 3000 m lang war.

(Aus einem Aufsatz über einen Kinobesuch)

In der Schlafstube schliefen nicht nur die Menschen, auch dessen Schwein schlief unter dem Bett.

Aus einem Naturkundeheft über Insektenbeobachtung:

». . . als es klingelte, öffnete ich die Türe und eine Mücke flog herein. . .«

Eine Wanderung

Kein Vogel zwitscherte, und die gesamte Tierwelt lag im Schlaf, nur ich wachte und betrachtete die Schönheit der Natur.

Dann fuhren wir mit dem Rad durch einen großen Wald. Rechts und links standen lauter Bäume.

Wie das Dornröschen getauft worden ist, hat die Frau Königin extrig Käsespatzen gekocht und da hat der Herr König soviel gegessen, vor lauter Freude, daß ihm der Baaz heruntergelaufen ist.

Nacherzählung nach einem Lesestück

Sie macht einen Wasserfall. Sie ließ die Hähne laufen und alles in die Küche. Sie möchte wieder nach der Brandung und das Wasser strudeln hören.

Aus der Ostzone. Thema: Die Rückkehr unserer Gemälde nach Deutschland

Die guten Sowjets gaben uns unsere Bilder zurück, die uns die bösen Russen 1945 geklaut haben.

3. Deutsche Sage und Geschichte

Aus Geschichtsaufsätzen:

»Die Steinzeit ist über 60000 Jahre alt.«

Der Germane fragte den römischen Händler: »Nimmst du mich mit nach Mogontiacum, dem heutigen Mainz?«

Die Ostgoten hatten einen anderen Glauben als die Römer, sie waren evangelisch.

Als Bonifatius die Eiche fällte, glaubten schon einige an den einen Gott, der so viele Wunder verübt hatte.

Karl der Große lud sein Jagdgefolge zu einer Tasse Kaffee ein, und sie mußten in den Salon kommen.

Karl der Große ging eines Tages spazieren, da begegnete ihm eine alte Frau. Der Kaiser sprach: »Guten Tag!« und die alte Frau sprach: »Guten Tag, Herr Kaiser!« Viele Geschichten solcher Art erzählt man sich in Aachen über die Leutseligkeit Kaiser Karls.
»Elisabeth die Wahnsinnige befand sich mit den Räubern unter einer Decke.«

In einer Geschichtsstunde:

»Elisabeth die Wahnsinnige befand sich mit dn Räubern unter einer Decke.«

»Wenn andere Leute morgens aufstanden, hatte Friedrich der Große schon einen großen Haufen hinter sich!« (Aktenmasse)

Die ganze Bevölkerung wurde niedergemacht und dann größtenteils als Sklaven verkauft.

Maria Theresia bestieg 1740 den Thron und blieb 40 Jahre darauf sitzen.

Von den heidnischen Gebräuchen wurden einige in die christliche Religion übernommen. So sind z. B. die Ostereier ein Überbleibsel der alten Germanen.

Frage nach dem Kulturkampf Bismarcks

»Bismarck bekämpfte die ultramondänen (statt ultramomentanen) Bestrebungen des Zentrums«

Kaiser Wilhelm war der erste der Fürsten, die ihre Söhne zum Studieren nach Bonn Schickten. Diesem Beispiel folgten viele andere, und so wurde Bonn bald sehr bevölkert.

Das Skelett Zeppelins bestand aus Aluminium.

Die Untreue ist die treibende Kraft seines wangenden (statt wankenden) Charakters.

Burgenleben im Mittelalter

Neben Trinksälen (Zechräumen) hatten die Ritter auch heizbare Frauenzimmer.

Die Gründung Münchens

An der Isar siedelten sich Mönche an. Diese vermehrten sich ungeheuer, und so entstand die Stadt München.

Aus der Renaissancezeit

Karl V. war ein großer Kaiser. Mit dem einen Fuße stand er noch im Mittelalter, mit den andern winkte er bereits einer neuen Zeit entgegen.

Im Mittelalter starben die Frauen unentwegt.

Die Königin Luise wurde geboren von 1785 bis 1810.

Bismarck

Mit der Gründung des Norddeutschen Bundes hatte Bismarck die Hauptklippen der deutschen Uneinigkeit umgeschifft.

Die Städte wurden mit Mauern umgeben, weil sonst der Feind kam und die Bewohner um die Früchte ihres Schweißes brachte.

Zum Schutz der Diebe und Räuber umgaben sich die mittelalterlichen Städte mit Mauern und Türmen.

Aus einem Aufsatz über Luther

Man kann sagen, Luther war der fanatischste unter seinen Klosterbrüdern. Er peinigte und kastrierte sich mehr als alle anderen.

In einer Sexta des Bielefelder Gymnasiums lasen wir 1919 ein Lesestück über die Niederlage Napoleons in Moskau; darin stand u.a., daß Napoleon nach der Niederlage in einem Schlitten bis nach Frankreich fuhr; darauf eine Frage: »Ging das denn immer bergab?« (Rodelschlitten!).

Götz v. Berlichingen

Götz kommt von der alten Zeit nicht los und entschließt sich, in dieser zu wandeln.

Götz gewahrt die Treue bei Frauen, Kindern und Freunden.

Götz endet im Ritterstand als Vertreter der alten Zeit.

Der Markgraf nannte sie im Scherz oft Castro und Pollux.

Goethe hat die beiden Männercharaktere in Fleisch und Blut geschildert.

König Wilhelm IV. begrüßte die von seinen Soldaten erschossenen Revolutionäre.

Nach diesen Friedensbestimmungen sitzt Österreich zwischen sämtlichen Stühlen.

4. Antikes und Biblisches

Iphigenie war eine geborene von Tantalus.

Odysseus trat unter die erschrockenen Mädchen, sich mit einigen Zweigen vor seiner Blöße schützend.

Was ich vom alten Ägypten weiß

Die Pyramiden sind Grabstätten der Könige, sie wurden im Jenseits erbaut.

Der Heilige Pillendreher:

Weil dic Pillendreher aus dem Mist kommen, glaubten die Ägypter, daß diese Tiere heilig sind.

Ägypten wurde von den Menschen befruchtet.

Alexander d. Gr.

Alexander d. Gr. kam nach Theben in die Lehre. Schon in seiner Jugend war Alexander d. Gr. das einzige Kind seiner Eltern.

So viel Mann wir im Zelt sind,
so viel Haufen machen wir in
die Ecken, um darauf zu schlafen.

(Bericht über einen Schulausflug)

Was ich von den alten Griechen weiß

Die Pythia murmelte einige Worte, die aus der Erdspalte unter ihrem Stuhl kommen.

Wenn sie rangen, flutschten sie immer wieder aus den Armen des Gegners wegen dem Öl.

Die Griechen knüpften ihre Spiele an ihre Religion an, was wir sehr merkwürdig finden; aber es wurden hübsche Jünglinge genommen, um sie den Göttern zu zeigen.

Das Orakel zieht, mit einem Gewand um den Leib geschlungen, durch den Saal, wo die Leute sitzen.

Unterprima des Oldenburger Mädchengymnasiums, 19690; aus einem Referat über Cäsar
. . . er wurde ermordet und starb an den Ideen des März . . .«

Julius Cäsar ist von einem Dolch ermordet worden.

Die römischen Kaiser wurden alle mehr oder weniger ermordet.

Bibl. Nacherzählung

Rebecca sprach zu Elieser: »Trinke, mein junger Herr, ich will die anderen Kamele auch tränken.«

Der 12jährige Jesus im Tempel

Josef und Maria suchten Jesus in Jerusalem, sie fanden ihn aber nicht. Maria sucht in der einen Ecke und Josef in der anderen Ecke.
Dann fanden sie ihn. Da rief Maria: »Jesus, dein Vater und ich haben schon vier Tage an dir gesucht!«

In der Religionsstunde

Was sind die Bischöfe? Antwort: »Die Bischöfe sind die recht mäßigen Nachfolger der Apostel« (das Eigenschaftswort war getrennt geschrieben).

Der Engel des Herrn brachte der Maria die Botschaft und sie fing den Hl. Geist.

4a. Aus Literatur- und Kunstgeschichte

Das Nibelungenlied

Als er im entsprechenden Alter war und hörte, daß die Königstochter Krimhild so bildhübsch sei, daß schon viele um sie geworben hatten, setzte er sie sich in den Kopf.

In den Jahren nach dem Krieg wurden viele schlechte Bücher gedruckt, weil die Menschen etwas brauchten, um sich nicht anzustrengen.

Um die reife Kunst Watteaus richtig schätzen zu können, muß man ein Liebespaar von ihm neben eines von Boucher legen.

Die moderne Musik erkennt man daran, daß immer Töne kommen, die man gerade nicht erwartet.

Lyrik ist, wenn der Dichter in den Hintergrund tritt und das ausdrückt, was in ihm vorgeht.

Es kam heraus, daß Shakespeare nicht selbst der Verfasser seiner Theaterstücke war. Sie stammen von einem andern Autor gleichen Namens.

Vor den Läden lassen die Verkäuferinnen ihre Vorhänge herab, damit das Wertvollste nicht schießt.

(Aus dem Aufsatz: Der Frühling)

In den »Hosen des Herrn von Bredow« steckt ein wilder Humor.

Der Erlkönig

Eines Tages ritt ein Vater mit seinem Sohn durch ein Tal, das vom Nebel besessen war.

Über die Jungfrau von Orléans

Johanna wollte sich nicht mit ihrem Freier vereinen. Sie wässerte lieber die Wiesen.

Montgomery war noch ein unschuldiger junger Mann, als Johanna ihn fällte.

Maria Stuart

Fühlt Burleigh sich von Marias Worten in eine Ecke gedrängt, so will er stets ausweichen.

»Maria war eine schöne junge Frau, und es ist deshalb nicht verwunderlich, daß sie drei Männer zum Gemahl hatte. Aber alle drei wurden von ihr ermordet. Man kann also feststellen, daß sie in gewissem Sinne ein leichtes Leben führte.«

Mozart ging nach Wien. Dort heiratete er und wurde arm.

Die ganze Familie war auf dem
Bauch unterwegs, bis sie das
Meerschweinchen unter den Möbeln
wieder gefunden hatten.

(Aus einer Nacherzählung)

Grillparzer lernte als 14jähriges Mädchen Katharina Fröhlich kennen.

Das Gewitter

Urahne, Großmutter, Mutter und Kind waren in einem Gewitter in ihrer Stube vom Blitz erschlagen worden. Gustav Schwab las in der Zeitung einen Bericht über das erschütternde Ereignis. Er setzte sich gleich hin und schrieb das bekannte Gedicht. Dieses Unglück geschah im Jahre 1851.

Manche Philosophen bezeichnen es als das größte Glück, überhaupt nicht geboren zu werden. Doch leider wird dieses Glück nur wenigen zuteil.

Minna von Barnhelm

Der Wirt ist sehr neugierig, er möchte gern die Zusammenhänge zwischen Minna und Tellheim erfahren.

Auerbachs Keller

DiePenthesilea ist aktlos, aber ein abend füllendes Drama.

Mephisto will Faust die Schönheiten des irdischen Lebens zeigen, deshalb gehen sie auch in den Keller.

Faust hat durch seine Unkenntnis viele Menschenleben verschuldet. Wenn noch einmal so ein Erlebnis auftauchen würde, würde Faust ganz anders an die Sachen ran gehen.

Das Lied vom braven Mann: »Es war in Italien. Die Flüsse führten Hochwasser, und der gleiche Fall war auch bei dem Zöllner.«

August Wilhelm Schlegel war auch kämpferisch veranlagt. Er war Professor in Jena.

Uhland stand mit dem Boden auf beiden Beinen.

Leone stellt einer jeden hübschen Frau nach und schreckt nicht einmal vor einer vornehmen und edler Gesinnung vollen Dame zurück.

Als aber sein Freund von dem Schwerte des Jan Norris schwer verwundet auf dem Sterbebett liegt, da gewinnt die Leidenschaft über ihn Gewalt und der Schürzenjäger tritt hervor.

5. Geographie und Naturkunde

Englische Hafenstädte

Dover ist ein Passgierhafen (Passagierhafen).

Nutzen der Haustiere

Von der Geiß bekommen wir Milch, Butter und Käse und vom Bock das Bier.

Eine der bekanntesten Städte Schwedens heißt Hoppsala (Upsala).

Vom Ätna werden häufig Korruptionen gemeldet.

Das Ruhrgebiet hat viele Zechen, und wenn man viele Zechen hat, hat man viele Kohle.

Die Köln-Bonner Bucht ist wie ein Loch, wo es nur einen Ausgang gibt.

Schleswig-Holstein

Aus frühester Zeit ist Schleswig-Holstein ein Brückenland, das von den Völkern wandernd, siedelnd oder handeltreibend benutzt wurde.

Wenn man zur Loreley will, muß man hintenherum gehen.

Talsperre

Rechts an der Sperrmauer ist ein kleines Haus. Das ist das Wärterhäuschen. Wenn man Wasser abläßt, muß der Wärter aufpassen, daß kein Unglück geschieht.

Ätna und Vesuv sind die einzigen, die in Italien die Gegend unsicher machen.

In Rom sind die Römer zu Hause. Wir finden noch die Ruinen davon.

Die Peterskirche wird von einer großen Kuppel zugedeckt. In Rom gibt es eine sehr große Arena. Rom ist ein Forschungsgebiet.

In Rom gibt es das Kolosseum, das größte Amphibientheater der Welt.

Italien wird vom tyrannischen Meer begrenzt.

Die Bucht hat den Namen Bucht bekommen, weil früher ein Meer das Gebiet belagerte.

Die Japaner mußten Sacharin abgeben (gemeint ist: Sachalin).

Der Passatwind bringt Erfrischungen mit sich.

In Frankreich sind die Köche alle Männer.

Kanada lebt mit England in Personalunion.

Aus dem Orient

Die Frauen der Berber laufen wie Mumien herum, während die Araberfrauen leicht angezogen sind.

In Mittelasien wohnen auch noch Splitter von der Mongolei.

Die Einwohner sind Semiten, in ihrem Inneren sind sie Beduinen. Dort ist auch die Heimat ihrer berühmten Pferdezucht.

Wir dürfen uns daheim keine Katze halten, weil unser Vater schon lange einen Vogel hat.

Die Urwaldbewohner

Wir sahen, was sie für praktische Tierfallen sich bauten. Sie leben von Pflanzen, die sie sich trocknen und dann als Getränk nehmen.

Das frische Blut kommt aus dem Knochenmarkt.

In der Mitte des Auges sitzt Ku-pille.

Im Apennin wurden viele Bäume gefällt und zu Möbeln und anderen Holzarten verarbeitet.

Die Makrele

Die Makrele ist ein wohlgeformter, gutschmekkender Räuber mit einem farbenprächtigen Kleide.

Das Renntier

Das Renntier legt seine Ohren, wenn es rennt an den Kopf. Wenn es ein Geräusch vernimmt, legt es seine Ohren auf die Erde und horcht.

Es ist das einzige weibliche Geschlecht, das ein Geweih trägt. Das Renntier läuft 10 km in der Stunde, was ein Auto auch ab und zu mal fährt.

Der Kuckuck pflanzt sich auf unehrliche Weise fort.

Auch die Schnaken sind Säugetiere.

Die Veilchen standen teils in Blüte, teils an Bachesrand.

Die Giraffe braucht einen langen Hals, weil der Kopf so weit weg ist.

Die Fische legen Eier; einige sogar Kaviar.

Die Kuh hat einen Netz-, Lab-, Blätter- und Panzermagen.

Zur Abrichtung für den Zirkus eignen sich nur weibliche Elefanten. In den zoologischen Gärten gibt es zwar einige männliche Elefanten, aber die meisten von ihnen sind ebenfalls weiblich.

Die Senne war früher ein Truppenübungsplatz. Heute ist es ein nicht so fruchtbares Gebiet.

Die Nützlichkeit des Wassers

Wenn wir kein Wasser hätten, könnten wir uns nicht waschen, und alle Rassenprobleme wären gelöst.

Die Abwässer

Früher nahmen die Leute die Abwässer und gossen sie auf den Kohl. Als die Leute den Kohl dann aßen, bekamen sie die Pest.

Die Butter besteht durchweg aus gesetzlichen Vorschriften.

Aus der Beschreibung einer Physikstunde

Unser Lehrer betonte besonders die Bedeutung des Wassers, indem er sagte: Und bedenkt, wenn wir kein Wasser hätten, könnten wir auch nicht schwimmen lernen, und wie viele Menschen würden dann ertrinken.

Aus der Physikstunde eines schwäbischen Städtchens

Der vom Lehrer diktierte Satz sah bei Kurt P. so aus: Es gibt positive und neckartiefe Elektrizität.

Die Grenzen des Ruhrgebietes heißen: Ost, West, Süd und Nord. Im Osten liegt Rußland, im Westen Deutschland, im Süden Afrika und im Norden Bayern.

Manche Leute besitzen Hühneraugen, die bei Witterungsumschlag genau so schmerzempfindlich sind, wie richtige Quecksilber-Thermometer.

Aus dem Naturlehreunterricht

Ein Junge schrieb: Das Fieberthermometer kann man kleinen Kindern in den Hintern stecken, ein Außenthermometer nicht.

Über Naturschutz

Früher wurde die Kuh zum Bullen geführt, heute macht es der Tierarzt slebst.

Besuch im Tirpark

Die Raubiere wurden mit eisernen Stangengabeln gefüttert.

Der Tierpark heißt Tierpark, weil darin Tiere geparkt werden. Alle Tiere sind eingezäunt, aber die Menschen dürfen nur lose herumgehen.

Die Katze ist sehr geschickt. Wenn man sie fallen läßt, berührt sie stets den Boden. Sie nährt sich von der Milch der Hausfrau, diese frißt sie aus einer Schüssel.

Die Katze klettert gern auf Bäume, wo sie Eier und junge Vögel fängt.

Der Löwe ist der König der Tiere; er ist braungelb und großmütig.

Das Schaf ähnelt dem Ochsen, weil es dieselbe Milch gibt.

Der Spulwurm ist ein böses Tier. Er verbreitet sich dadurch, wenn man in Hundedreck tritt, diesen an den Schuhen mit ins Zimmer bringt, auf dem Boden spielt und wenn die kleinen Kinder ungewaschene Hände in den Mund stecken.

Der Körper der Fliege hat drei Teile: Kopf, Vorderleib und das Hinterteil!

Die starke Vermehrung der Inder wird hervorgerufen durch einen besonders stark ausgeprägten Selbsterhaltungsbetrieb.

Wald im Winter

Nur die schwarzen Raben, die wie Geister umherfliegen und sich ihr bißchen Futter suchen, was sie sich im Schweiße ihres Angesichts erhaschen müssen, sind dageblieben.

Ein Keiler ist eine männliche Sau.

Beschreibung einer Physikstunde

Das spezifische Gewicht gibt an, wieviel ein Kilogramm Eisen wiegt.

Das Kammgarn besteht aus langen Fasern des Baumwollschafes, die Wolle wächst auf einem Strauch im Osten.

Wenn Wiesen trocken sind, dienen sie als Viehzucht.

Der Weißdorn ist heilsam und schmerzhaft; denn er hat scharfe Dornen und seinen Saft kauft man in der Apotheke.

Im Innenohr ist das Schwindelorgan.

Vor der Lunge hängen zwei Lungenflügel.

6. Aus allerlei Aufsätzen

Totensonntag

»Ich ging mit meiner Mutter zum Friedhof. Wir legten zwei Briketts (gemeint Buketts) auf das Grab unser Oma.«

Aus dem III. Reich

Niemals würde es einem Pferde einfallen, eine Kuh zur Gemahlin zu nehmen, der arische Mann aber nimmt eine artfremde Frau trotz seinem Verstande.

Auf der Hannoverschen Messe sahen wir einen Webstuhl und eine Strickmaschine, die uns sehr einleuchtete.

Als letzte Heldin des Alltags möchte ich die Mutter anführen, die jeden Tag, ohne zu murren aufsteht und ihren Mann fürs Geschäft fertigmacht.

Vom Kraftwagenverkehr

Zuerst mochte man den Krach und den Gestank nicht. aber der Mensch gewöhnt sich an alles.

Auch sieht man da nicht gerade schöne Sachen an einem herrlichen Sommertag, z. B. ein Herr oder eine Dame, die am Steuer sitzt, drückt aus Wut, weil es nicht weiter geht, auf die Hupe.

Das Erwachen des Verantwortungsbewußtseins

Eine Schülerin erzählt, daß ihre Eltern verreisten und ihr die jüngeren Geschwister anvertrauten. Im Aufsatz steht

Als der Zug aus der Halle fuhr, fühlte ich mich Mutter.

Die wirtschaftliche Zusammenarbeit Europas bietet für uns viele Vorteile, z. B. die Südfrüchte, die verschiedenen Käsesorten und vieles mehr.

Aber auf diese gute Seite fällt der Schatten der schlechten Seite.

Die Menschen können auf den Sportplatz gehen und die Wut, die sie schon die ganze Woche mit sich herumtragen, auslassen.

Richtige Kundenberatung hat den Vorteil, daß sich die Kundschaft vermehrt.

Er kann den Laden nicht mehr betreten und beschädigt damit das Geschäft.

Das Aufgebot

Bei der bürgerlichen Eheschließung geht ein Angebot voraus, damit Ehehindernisse vermieden werden.

Mit dem kleinen Kind fängt das Sparen an, und mit dem Erwachsenen hört es auf.

Heutzutage stellen wir uns das Leben in einer mittelalterlichen Stadt ganz anders vor, z. B. mit langen Röcken und großen Reifen darunter.

Früher, als es noch keine Zeitungen im heutigen Sinne gab, wurden die Ereignisse von Ohr zu Ohr getragen.

Auch die Vögel tragen dazu bei,
daß Obstbäume sich fortpflanzen.
Der Vogel frißt den Kern und
dieser kommt dann wieder zum
Vorschein, wenn der Vogel austreten
muß.

(Unsere Vogelwelt)

Der Inspizient der Oper:. . . er läßt, wenn es nötig ist, donnern.

Ein Kunde sagte mir, daß er beim Prüfen eines Korkenziehers, den er bei mir gekauft, aber erst am 18. 7. benutzt habe, nicht einwandfrei war.

Das Verderben von Nahrungsmitteln kann verhindert werden durch: wenn man Hühner, Hasen oder Säue hat und es denen zum Fressen gibt, oder man schenkt es armen Leuten.

Deshalb müßte sich die Verkäuferin bemühen, jede Person, mag es ein Kind oder eine alte Oma sein. richtig anzupacken.

Ein interessantes Buch ist meine Leibspeise.

Wildfütterung

Dann geht der tierliebende Förster täglich in den Wald und läßt bald da und bald dort etwas fallen.

Die Menschheit ist unablässig bestrebt, die Grenzen ihrer Beschränktheit auszudehnen.

Wenn die Katholiken beten, gehen sie in die Knie.

Jeder kann Anteil haben am Radio, vom Christen bis zum Fußballfanatiker, vom Witzbold bis zum Politiker.

Der Regenguß kommt so schnell, daß sich die Bewohner nicht wehren können.

Ob die Wehrpflicht nun ein Jahr oder 12 Monate dauert, das spielt keine Rolle.

Des kleinen Peter Glückwunschbrief

Lieber Onkel! Alles Gute zum Namenstag, ich mache Dir etwas und schicke es dann, Dein Peter.

Gleichberechtigung der Frau

In der Ehe haben Mann und Frau gleiche Funktionen.

Als er Adelheid heiratet, brachte sie ihm den Tod durch einen Giftbecher.

Als er Adelheid heiratete, verfiel er ganz unter ihr.

Die provisorische Regierung wurde beschlagnahmt.

Bei Düsseldorf ist dieser Fund gemacht worden; daher also: Neanderthaler.

Allmählich besserte sich die Lage schlagartig.

Berlin ist der fünftgrößte Binnenhafen von Deutschland und der viertgrößte von Europa.

In der Nacht wurde von den Soldaten ein Wall aufgeschüttet. Am anderen Morgen befand sich ein starker Haufen davor.

Luther

Dr. Martin Luther schlug 95 Thesen gegen den Atlashandel an die Schloßkirche zu Wittenberg an.

Die Leute mußten so viele Steuern zahlen wie sie entbehren konnten.

. . . dann kann man, das heißt: muß man, aber freiwillig.

Aufrufe und Extrablätter wurden durch den Rundfunk durchgegeben.

»Aus solchen verwahrlosten Kindern werden dann später die großen Verbrecher und Kriminalisten, die nur ihrer Umwelt Schaden zufügen.«

Die Menschen, die zur Zeit des 30jährigen Krieges an dieser Krankheit unweigerlich gestorben sind, können heute frohen Mutes in die Zukunft sein.

Sämtliche Analphabeten wurden abgeschafft.

Das Frühgemüse kommt vielfach aus verschiedenen Zuchthäusern Hollands.

In der Zeit, da unser Stenographenverein gegründet wurde, also vor 60 Jahren, lagen der Stenograph mitsamt der Stenotypistin von heute noch in der Wiege.

Der Wirt hat durch sein Leben im Gasthaus nur schlechte Eigenschaften in sich aufgenommen.

7. Sprachlehre und Diktataufnahme

Ich las vor einiger Zeit in der Zeitung, daß einige Sträflinge einen Gefängniswärter in ihrer Zelle erhängt haben. Dies finde ich rücksichtslos von diesen Sträflingen. Wir haben sie zu schützen und zu achten.

»Gebranntes Kind scheut das Feuer.« Sage ein ähnliches Sprichwort:
»Ein gewaschenes Kind scheut das Wasser.«

Frage: Was ist eine Tantalosqual?
»Wenn man einem Ding ganz nahe liegt, aber es dann einem doch nicht gelingt«

Frage: Was sind Pendler?
»Pendler sind Leute, die von einer Theke zur andern pendeln!«

Diktat:

5. Strophe aus dem Schleswig-Holstein-Lied
Teures Land, du Doppelleiche . . . (Doppeleiche!)

»Wo gibt es Oasen?« — »In der Wüste, Herr Lehrer«
»Und wie heißen sie?« — »Die Wüstlinge, Herr Lehrer«.

Feuerwehr

Die Feuerwehr verhindert das Übergreifen des Brandes auf andere Gebäude. Ein Schüler schreibt: »Wenn es im 1. Stock brennt, löscht man zur Vorsicht im 2. Stock.«

Der Patron des Wintersports ist St. Moritz.

Wenn die Welt im Schlafe ruht,
nimmt uns Gott in deinen Hut.

»In einer rauhen Schale steckt oft ein süßer Kern.« Lottchen schrieb: »In einer rauhen Schale steckt oft ein süßer Kerl.«

Der Präsident zeichnete sich besonders
durch Aufrichtigkeit aus. Er machte
dem Volk keine Versprechungen –
und dies hielt er auch

(Die Aufgaben des Staatsoberhauptes)

»Und zehn Pfennig« (statt »und sie empfing«) vom Hl. Geist.«

Da gab der Schuldner der Gläubigerin endlich den Rest.

Lateinstunde

Wenn ein doppeltes Subjekt, besonders ein Masculinum und ein Femininum zusammenkommen, dann heißt es aufpassen!

Die Telegraphenarbeiter haben die Störung beseitigt und wiederhergestellt.

Das Gegenteil von frei ist besetzt.

Wenn der Pfarrer stirbt, verwest der Kooperator.

Eine gute Mahlzeit. ». . . und sie genas eines Brötchens«.

Der Phönix

Und wie Phöbus erhob er sich aus der Asche.

Der Mut der Fremdenlegionäre wurde durch den heißen Wüstensand bedeutend abgekühlt.

Fremdwörter:

Es wurde ein Gedicht diktiert, in dem es hieß: »Ein Wrack auf der Sandbank, noch gewiegt von der Flut . . .« — Bei einem Schüler las ich: »Ein Frack auf der Sandbank «

In der Moses-Geschichte las ein Schüler aus dem Biblischen Geschichtsbuch statt: »Je mehr sie (die Vögte) das Volk drückten, je mehr es sich mehrte « (Je mehr sich das Volk drückte, je mehr es sich mehrte)

In den frühesten Zeiten war jeder sein eigener Erzeuger. Allmählich trat Arbeitsteilung zwischen Mann und Frau ein.

Der in der Fabrik mit der Hand arbeitet, soll an die andern denken, die mit der Stirn und manchmal mit dem Kopf arbeiten.

8. Aus Aufsätzen von Berufsschülern

Am Ende der Feier schenkte ein Herr jedem von uns seine Hand und wünschte uns viel Glück.

Aus Berichten über die Unfallverhütung

Alkoholische Getränke sind während der Arbeitszeit verboten. Auch kann ein Bohrer einen Arbeiter an den Haaren schnappen, und er kann sich dann mit einer Glatze wiederfinden.

Die Warnstellen sind beim Betreten verboten. Darum bleibt auch mancher Unfall erspart, wenn er Verstand und Vorsicht hat. In der Werkstatt fragt man sich dann sehr oft, wo die beiden Lehrlinge nur geblieben sind.

Man soll auch nicht aus eigenen Interessen arbeiten. Auch soll man jeden Scherz, der zur Langeweile führt, sein lassen.

Die ganze Stadt war in Aufre-
gung. Allerlei Gerüchte liefen
herum und standen in leb-
haften Gruppen beisammen.

(Eine Schreckensnachricht)

Ich zeige dem Kunden, daß er willkommen ist, indem ich ihm freundliche Blicke hinwerfe.

Ich freue mich jetzt schon darauf, wenn ich später einen Kunden von Anfang bis Ende allein bedienen und ihm das Geld abnehmen darf.

Das ist jedoch ein Gedankengang, der abführt.

Aus Prüfungsaufsätzen über verkaufskundliche Themen:

Wenn ältere Damen zum Beispiel hereinkommen und haben schwere Taschen, dann soll man sie doch gleich an den Haken hängen, dann ist man sie wenigstens los.

Den Begriff der Mutterliebe haben wir ja alle schon erlebt.

Chemie

Osmoseversuch: Dann nehme ich meine Schweinsblase und fülle sie mit der Flüssigkeit.

Durch jede Atombombenexplosion werden 15 000 Kinder mehr geboren.

Wir haben wiederholt Elemente an der Tafel mit Neutronen beschossen.

Das Gas, das wir dann riechen, ist leider nicht ganz geruchlos.

Es ist schrecklich, wenn man bedenkt, daß man bei jedem Essen Atome schluckt und es nicht einmal bemerkt.

Die Krebserzeugung wird vor allem durch Rauch und Ruß hervorgerufen.

Wirtschaftskunde

Goldwährung: Der Goldschatz muß auf einer Bank gedeckt werden.

9. Allgemeines

Das Geld kann dazu beitragen, daß wir unser Heim freundlich einrichten können, damit wir uns behaglich und heimlich darin fühlen.

Wenn der Zahltag an den Himmel kommt, so gehen sie am besten gleich ins Wirtshaus, damit es die Familie nicht merken soll.

Das Geld verbreitete sich immer mehr, und uns ist es heute gar nicht mehr möglich, das Geld aus der Wirtschaft herauszudenken.

Das Geld ist das Zwischenglied zwischen Käufer und Verkäufer.

Das Münsterland ist eine
große Stadt. Im Münster=
land kann man gut essen,
und freundlich sind sie
auch.

(Das Land Nordrhein-Westfalen)

Nicht zuletzt ist das Geld für die Durchführung und Erhaltung der einzelnen Familien notwendig.

So nach und nach kam man dann von den Goldmünzen auf die Kupfermünzen und noch später auf das Silbergeld und die Markscheine. Diese haben auch heute noch Gültigkeit.

Der Bauer tauschte ein Stück Vieh gegen einen Ballen Stoff.

Der einzelne hat die Gelegenheit, durch Papiergeld seinen täglichen Bedarf zu decken.

Der Mensch ist schon rein biologisch gezwungen, in Gemeinschaft zu leben, denn wie sollte sonst sein Fortbestand oder gar seine Vermehrung gesichert sein?

Angenommen, die Fortpflanzung der Menschen wäre auch ohne Gemeinschaft möglich, könnte der Mensch trotzdem ohne Gemeinschaft leben?

Eine nachfolgende Christen-
schar sah, was er machte
und überbrachte es dem
Kaiser.

(Gedicht: »Schwäbische Kunde« von Uhland)

Die große Zahl sucht und braucht die Gemeinschaft, denn in ihr wächst der Mensch zu einer Persönlichksit heran und bringt die in seiner Jugendzeit gelernten Anstandsregeln und Tugenden zum Vorschein.

Jeder Mensch braucht die Gemeinschaft und wird dies beweisen, wenn er selber eine gründet durch das Eheversprechen.

Im Beruf muß man sich seinen Mitarbeitern und Mitarbeiterinnen anpassen, das kann man aber nur, wenn man den gemeinschaftlichen Sinn besitzt.

Der Mann liebte seine Frau nicht, sondern machte sie nur glücklich, indem er schöne Kleider kaufte und ihr die Welt zeigte. Seine beiden Jungen lebten zerstreut herum.

Leute, die sich immer vor der Gemeinschaft drücken, versimpeln mit der Zeit und sind auch für den Staat unnütze Elemente.

Viele Mädchen nahmen sich die Monroe zum Vorbild. Die Mädchen aber, die sie um ihren Ruhm beneideten, sahen nur die Fassade, was dahinter war, wußten sie nicht.

Während der Rauferei wurde dem Wirt sein zweites und letztes Ohrwaschel abgerissen.

Gesellschaftsreise mit Intourist nach Rußland

Eine junge Frau, die mit uns ihre Hochzeitsreise machte, hatte Blue jeans an; daß man sie ihr nicht vom Leibe riß, war wirklich ein Wunder.

Vom Zeitungslesen

In den Zeitungen konnte man jüngst wahrnehmen, wie manche Schiffe den Tod in den Wellen fanden.

Als aber Napoleon seine nach Ruhm lechzende Zunge bis zu den Eisfeldern Rußlands ausstreckte mußte er sich mit verbrannten Fingern zurückziehen.

Durch Verkehrsregelung wird in den »Stätten« mancher Unfall, aber auch manches Menschenleben verhütet.

Der Kuckuck ist deshalb ein besonderer Vogel weil er seine Eier nicht selbst legt, sondern das besorgen lässt.

In der Jugend lernt das Kind viel leichter als im Alter.

Schon zu Beginn der Eiszeit haben die Menschen aufgehört, auf allen vier Füßen zu gehen und gingen bloß noch auf den Hintern.

Am Ziel angelangt, hatten wir alle großen Durst. Zum Glück überließ mir Karl einen Teil seines Wassers.

Wenn der 20. April naht, kann man in allen Schaufenstern den Gipskopf des Führers sehen.